Les Autels de la peur

Anatole France

Journal des débats, mars 1884, 1884

FSC
www.fsc.org
MIXTE
Papier issu
de sources
responsables
Paper from
responsible sources
FSC® C105338

LES AUTELS DE LA PEUR

I.

14 JUILLET 1789

Le Cours-la-Reine était désert. Le grand silence des jours d'été régnait sur les vertes berges de la Seine, sur les vieux hêtres taillés dont les ombres commençaient à s'allonger vers l'Orient et dans l'azur tranquille d'un ciel sans nuages, sans brises, sans menaces et sans sourires. Un promeneur, venu des Tuileries, s'acheminait lentement vers les collines de Chaillot. Il avait la maigreur agréable de la première jeunesse et portait l'habit, la culotte, les bas noirs des bourgeois, dont le règne était enfin venu. Cependant son visage exprimait plus de rêverie que d'enthousiasme. Il tenait un livre à la main ; son doigt, glissé entre deux feuillets marquait l'endroit de sa lecture, mais il ne lisait plus. Par momens, il s'arrêtait et tendait l'oreille pour entendre le murmure léger et pourtant terrible qui s'élevait de Paris, et dans ce bruit plus faible qu'un soupir il devinait des cris de mort, de haine, de joie, d'amour, des appels de tambours, des coups de feu, enfin tout ce que, du pavé des rues, les révolutions font monter vers le chaud soleil de férocité stupide et d'enthousiasme sublime. Parfois, il tournait la tête et frissonnait. Tout ce qu'il avait appris, tout ce qu'il avait vu et entendu en quelques heures emplissait sa tête d'images confuses et terribles : la Bastille prise et déjà décrénelée par le peuple ; le prévôt des marchands tué d'un coup de pistolet au milieu d'une foule furieuse ; le gouverneur, le vieux de Launay, massacré sur le perron de l'Hôtel de Ville ; une foule terrible, pâle comme la faim et comme la peur, ivre, hors d'elle-même, perdue dans un rêve de sang et de gloire, roulant de la Bastille à la Grève et, au-dessus de 100,000 têtes hallucinées, les corps des invalides pendus à une lanterne et le front couronné de chêne d'un triomphateur en uniforme blanc et bleu ; les vainqueurs, précédés des registres, des clés et de la vaisselle d'argent de l'antique forteresse, montant au milieu des acclamations ; le perron ensanglanté ; et devant eux les magistrats du peuple, La Fayette et Bailly, émus, glorieux, étonnés, les pieds dans le sang, et la tête dans un nuage d'orgueil ! Puis la peur régnant encore sur la foule déchaînée ; au bruit semé que les troupes royales vont entrer de nuit dans la ville, les grilles des palais arrachées pour en faire des piques, les dépôts d'armes pillés, les citoyens élevant des barricades dans les

.es et les femmes montant des grés sur les toits des maisons pour en écraser les régimens étrangers !

Mais les scènes violentes se sont réfléchies dans son imagination jeune et rêveuse avec les teintes de la mélancolie. Il a pris son livre préféré, un livre anglais plein de méditations sur les tombeaux, et il s'en est allé le long de la Seine, sous les arbres du Cours-la-Reine, vers la maison blanche, où nuit et jour va sa pensée. Tout est calme autour de lui. Il voit sur la berge des pêcheurs à la ligne, assis, les pieds dans l'eau ; il sourit en pensant qu'ils prennent des goujons le 14 juillet 1789, et il suit en rêvant le cours de la rivière. Parvenu aux premières rampes des collines de Chaillot, il rencontre une patrouille qui surveille les communications entre Paris et Versailles. Cette troupe, armée de fusils, de mousquets, de hallebardes, est composée d'artisans portant le tablier de serge ou de cuir, d'hommes de loi de noir vêtus, d'un prêtre et d'un géant barbu, en chemise, nu-jambes. Ils arrêtent quiconque veut passer : on a surpris des intelligences entre le gouverneur de la Bastille et la cour ; on craint une surprise.

Mais le promeneur est jeune et son air ingénu. Les amoureux sont marqués d'un signe : ils ont une douceur obstinée qui fait tomber tous les obstacles. Celui ci dit à peine quelques mots et la troupe le laisse passer en souriant. Il entre dans le village et s'arrête à mi-côte devant la grille d'un jardin.

Ce jardin est petit, mais des allées sinueuses, des plis de terrain, en prolongent la promenade. Des saules trempent le bout de leurs branches dans un bassin où nagent des canards. À l'angle de la rue, sur un tertre, s'élève une gloriette légère et une pelouse fraîche s'étend devant la maison. Là, sur un banc rustique une jeune femme est assise ; elle penche la tête ; son visage est caché par un grand chapeau de paille, couronné de fleurs naturelles. Elle porte sur sa robe à raies blanches et roses un fichu noué à la taille qui, placée un peu haut, donne à la jupe une longueur élancée, non sans grâce. Les bras, serrés dans une manche étroite, reposent. Une corbeille de forme antique, posée à ses pieds, est remplie de pelotes de laine. Près d'elle, un enfant dont les yeux bleus brillent à travers les mèches de ses cheveux d'or, fait des tas de sable avec sa pelle.

La jeune femme restait immobile et comme charmée, et lui, debout à la grille, se refusait à rompre un charme si doux. Enfin, elle leva la tête et montra un visage jeune, presque enfantin, dont les traits ronds et purs avaient une expression naturelle de douceur et d'amitié. Il s'inclina devant elle. Elle lui tendit la main.

— Bonjour, Monsieur Germain ; quelle nouvelle ? Quelle nouvelle apportez ? comme dit la chanson. Je ne sais que des chansons.

— Pardonnez-moi, Madame, d'avoir troublé vos songes. Je vous contemplais. Seule, immobile, accoudée, vous m'avez semblé l'ange du rêve.

— Seule ! seule ! répondit-elle, comme si elle n'avait entendu que ce mot : seule ! L'est-on jamais ?

Et, comme elle vit qu'il la regardait sans comprendre, elle ajouta :

— Laissons cela ; ce sont des idées que j'ai... Quelles nouvelles ?

Alors il lui conta la grande journée, la Bastille vaincue, la liberté fondée.

Fanny l'écouta gravement, puis :

— Il faut se réjouir, dit-elle ; mais notre joie doit être la mâle joie du sacrifice. Désormais les Français ne s'appartiennent plus ; ils se doivent à la révolution qui va changer le monde.

Comme elle parlait ainsi, l'enfant se jeta joyeusement sur ses genoux.

— Regarde, maman ; regarde le beau jardin.

Elle lui dit en l'embrassant :

— Tu as raison, mon Émile ; rien n'est plus sage au monde que de faire un beau jardin.

— Il est vrai, ajouta Germain ; quelle galerie de porphyre et d'or vaut une verte allée ?

Et il se représentait la douceur de conduire à l'ombre des arbres cette jeune femme appuyée à son bras.

— Ah ! s'écria-t-il, en jetant sur elle un regard profond, que m'importent les hommes et les révolutions !

— Non, dit-elle, non ! je ne puis détacher ainsi ma pensée d'un grand peuple qui veut fonder le règne de la justice. Mon attachement aux idées nouvelles vous surprend, Monsieur Germain. Nous ne nous connaissons que depuis peu de temps. Vous ne savez pas que mon père m'apprit à lire dans *le Contrat social* et dans l'Évangile. Un jour, dans une promenade, il me montra Jean-Jacques. Je n'étais qu'une enfant, mais je fondis en larmes en voyant le visage assombri du plus sage des hommes. J'ai grandi dans la haine des préjugés. Plus tard, mon mari, disciple comme moi de la philosophie de la nature, voulut que notre fils s'appelât Émile et qu'on lui enseignât à travailler de ses mains. Dans sa dernière lettre, écrite il y a trois ans à bord du navire sur lequel il périt quelques jours après, il me recommandait encore les préceptes de Rousseau sur l'éducation. Je suis pénétrée de l'esprit nouveau. Je crois qu'il faut combattre pour la justice et pour la vérité.

— Comme vous, Madame, soupira Germain, j'ai l'horreur du fanatisme et de la tyrannie ; j'aime comme vous la liberté, mais mon âme est sans force. Ma pensée s'échappe à chaque instant de moi-même. Je ne m'appartiens pas, et je souffre.

La jeune femme ne répondit pas. Un vieillard poussa la grille et s'avança les bras levés, en agitant son chapeau. Il ne portait ni poudre ni perruque. Des cheveux gris et longs tombaient des deux côtés de son crâne chauve. Il était entièrement vêtu de ratine grise ; les bas étaient bleus, les soulier sans boucles.

— Victoire ! victoire ! s'écriait-il. Le monstre est dans nos mains et je vous en apporte la nouvelle, Fanny !

— Mon voisin, je viens de l'entendre de M. Marcel Germain que je vous présente. Sa mère était à Angers l'amie de ma mère. Depuis six mois qu'il est à Paris il veut bien venir me voir de temps en temps au fond de mon ermitage. Monsieur Germain, vous voyez devant vous mon voisin et ami M. Franchot de La Cavanne, homme de lettres.

— Dites : Nicolas Franchot, laboureur.

— Je sais, mon voisin, que c'est ainsi que vous avez signé vos mémoires sur le commerce des grains. Je dirai donc, pour vous plaire et bien que je vous croie plus habile à manier la plume que la charrue, M. Nicolas Franchot, laboureur.

Le vieillard saisit la main de Marcel et s'écria :

— Elle est donc tombée, cette forteresse qui dévora tant de fois la raison et la vertu ! Ils sont tombés, les verrous sous lesquels j'ai passé huit mois sans air et sans lumière. Il y a de cela trente et un ans, le 17 février 1768, ils m'ont jeté à la Bastille pour avoir écrit à M. de Voltaire une lettre sur la tolérance. Enfin, aujourd'hui, le peuple m'a vengé. La raison et moi nous triomphons ensemble. Le souvenir de ce jour durera autant que l'univers : j'en atteste le soleil qui vit périr Harmodius et fuir les Tarquins.

La voix éclatante de M. Franchot effraya le petit Émile qui saisit la robe de sa mère. Franchot, apercevant tout à coup l'enfant, l'éleva de terre et lui dit avec enthousiasme :

— Plus heureux que nous, enfant, tu grandiras libre !

Mais Émile, épouvanté, renversa la tête en arrière et poussa de grands cris.

— Messieurs, dit Fanny en essuyant les larmes de son fils, vous voudrez bien souper avec moi. J'attends M. Duvernay, si toutefois il n'est pas retenu auprès d'un de ses malades.

Et se tournant vers Marcel.

— Vous savez que M. Duvernay, médecin du roi, est électeur de Paris, hors les murs. Il serait député à l'Assemblée nationale si, comme M. de Condorcet, il ne s'était pas dérobé par modestie à cet honneur. C'est un homme de grand mérite ; vous aurez plaisir et profit à l'entendre.

— Jeune homme, ajouta Franchot, je connais M. Jean Duvernay et je sais de lui un trait qui l'honore. Il y a deux ans, la reine le fit appeler pour soigner le dauphin atteint d'une maladie de langueur. Duvernay habitait alors Sèvres, où une voiture de la cour le venait prendre chaque matin pour le conduire à Saint-Cloud auprès de l'enfant malade. Un jour, la voiture rentra vide au palais, Duvernay n'était pas venu. Le lendemain, la reine lui en fit des reproches. « Monsieur, lui dit-elle, vous aviez donc oublié le dauphin ?

— Madame, répondit cet honnête homme ; je soigne votre fils avec humanité, mais hier j'étais retenu auprès d'une paysanne en couches. »

— Eh bien ! dit Fanny, cela n'est-il pas beau et ne devons-nous pas être fiers de notre ami ?

— Oui, cela est beau, répondit Germain.

Une voix grave et douce s'éleva près d'eux.

— Je ne sais, dit cette voix, ce qui excite vos transports, mais j'aime à les entendre. On voit en ce temps-ci tant de choses admirables !

L'homme qui parlait ainsi avait l'air robuste. Sa mise était sévère, mais plaisante à l'œil. Il portait une perruque poudrée et un jabot de fine dentelle. C'était Jean Duvernay ; Marcel reconnut son visage pour l'avoir vu bien des fois en estampe dans les boutiques du quai des Augustins.

— Je viens de Versailles, dit Duvernay. Je dois au duc d'Orléans le plaisir de vous voir en ce grand jour, Fanny. Il m'a amené, dans son carrosse, jusqu'à Saint-Cloud. J'ai fait le reste du chemin de la manière la plus commode : je l'ai fait à pied.

En effet, les souliers à boucle d'argent et les bas noirs étaient couverts de poussière.

Émile attacha ses petites mains aux boutons d'acier qui brillaient sur l'habit du médecin ; et Duvernay, le pressant sur ses genoux, s'amusa quelques instants des lueurs de cette petite âme naissante. Fanny appela Nanon. Une grosse fille parut, elle prit et emporta dans ses bras l'enfant dont elle étouffait, sous des baisers sonores, les cris désespérés.

Le couvert était mis dans la gloriette. Fanny suspendit son chapeau de paille à une branche de saule : les boucles de ses beaux cheveux blonds se répandirent sur ses joues.

— Vous souperez le plus simplement du monde, dit-elle, à la manière anglaise.

C'était la mode alors. Fanny était femme et suivait la mode.

De la place où ils s'assirent ils voyaient la Seine, et les toits de la ville, les dômes, les clochers. Ils restèrent silencieux à ce spectacle, comme s'ils voyaient Paris pour la première fois. Puis ils parlèrent des événemens du jour, de l'Assemblée, du vote par tête, de la réunion des Ordres et de l'exil de M. Necker. Ils étaient tous quatre d'accord que la liberté était à jamais conquise. M. Duvernay voyait s'élever un ordre nouveau et vantait la sagesse des législateurs élus par le peuple. Mais sa pensée restait calme et parfois il semblait qu'une inquiétude se mêlât à ses espérances. Nicolas Franchot ne gardait point cette mesure. Il annonçait le triomphe pacifique du peuple et l'ère de la fraternité. En vain le docteur, en vain Fanny lui disaient : — La lutte commence seulement et nous n'en sommes qu'à notre première victoire.

— La philosophie nous gouverne, leur répondait-il. Quels bienfaits la raison ne répandra-t-elle pas sur les hommes, soumis à son tout-puissant empire ? L'âge d'or imaginé par les poètes deviendra une réalité. Tous les maux disparaîtront avec le fanatisme et la tyrannie qui les ont enfantés. L'homme vertueux et éclairé jouira de toutes les félicités. Que dis-je ! Avec l'aide des physiciens et des chimistes, il saura conquérir l'immortalité sur la terre.

En l'entendant, Fanny secoua la tête.

— Si vous voulez nous priver de la mort, dit-elle, trouvez-nous donc une fontaine de Jouvence. Sans cela votre immortalité me fait peur.

Le vieux philosophe lui demanda en riant si la résurrection chrétienne la rassurait davantage.

— Pour moi, dit-il, après avoir vidé son verre, je crains bien que les anges et les saints ne se sentent portés à favoriser le chœur des vierges aux dépens de celui des douairières.

— Je ne sais, répondit la jeune femme d'une voix lente, en levant les yeux. Je ne sais de quel prix seront aux yeux des anges ces pauvres charmes formés du limon de la terre ; mais je crois que la puissance divine saura mieux réparer les outrages du temps, s'il en est besoin dans un tel séjour, que votre physique et votre chimie ne pourront y parvenir en ce monde. Vous qui êtes athée, Monsieur Franchot, et qui ne croyez pas que Dieu règne dans les cieux, vous ne pouvez rien comprendre à la révolution qui est l'avènement de Dieu sur la terre.

Elle se leva. La nuit était venue, et l'on voyait au loin la grande ville s'étoiler de feux.

Marcel offrit son bras à Fanny, et, tandis que les vieillards raisonnaient ensemble, ils se promenèrent tous deux sous les sombres allées. Il les trouvait charmantes ; elle lui en contait le nom et l'histoire.

— Nous sommes, disait-elle, dans l'allée de Jean-Jacques, qui conduit au salon d'Émile. Cette allée était droite, je l'ai recourbée pour qu'elle passât sous le vieux chêne. Il donne, tout le jour, de l'ombre à ce banc rustique que j'ai appelé « le Repos des amis ».

— Asseyons-nous un moment sur ce banc, dit Marcel.

Ils s'assirent. Marcel entendait dans le silence les battemens de son cœur.

— Fanny ! s'écria-t-il, en lui prenant la main.

Elle la retira doucement et, montrant au jeune homme les feuilles qu'une brise légère faisait frissonner :

— Entendez-vous ?

— J'entends le vent dans les feuilles.

Elle secoua la tête et dit d'une voix douce comme un chant :

— Marcel, Marcel ! Qui vous dit que c'est le vent dans les feuilles ? Qui vous dit que nous sommes seuls ? Êtes-vous donc aussi de ces âmes vulgaires qui n'ont rien deviné du monde mystérieux ?

Et, comme il l'interrogeait d'un regard plein d'anxiété.

— Monsieur Germain, lui dit-elle, veuillez monter dans ma chambre. Vous trouverez un petit livre sur ma table et vous me l'apporterez.

Il obéit. Tout le temps qu'il fut absent, la jeune veuve regarda le feuillage noir qui frissonnait au vent de la nuit. Il revint avec un petit livre à tranches dorées.

— *Les Idylles de Gesner* ; c'est bien cela, dit Fanny ; ouvrez le livre à l'endroit qui est marqué, et, si vos yeux sont assez bons pour lire au clair de lune, lisez.

Il lut ces mots :

« Ah ! souvent mon âme viendra planer autour de toi ; souvent, lorsque, rempli d'un sentiment noble et sublime, tu méditeras dans la solitude, un souffle léger effleurera tes joues : qu'un doux frémissement pénètre alors ton âme. »

Elle l'arrêta :

— Comprenez vous maintenant, Marcel, que nous ne sommes jamais seuls, et qu'il est des mots que je ne pourrai pas entendre tant qu'un souffle venu de l'Océan passera dans les feuilles des chênes ?

Les voix des deux vieillards se rapprochaient.

— Dieu, c'est le bien, disait Duvernay.

— Dieu, c'est le mal, disait Franchot, et nous le supprimerons.

Tous deux et Marcel prirent congé de Fanny.

— Adieu, Messieurs, leur dit-elle. Crions : « Vive la liberté et vive le roi ! » Et vous, mon voisin, ne nous empêchez pas de mourir quand nous en aurons besoin.

ANATOLE FRANCE.

J'aurais voulu m'épargner la faute de piquer une note critique à un petit conte qui ne veut que distraire et toucher. Mais il fallait bien dire que je n'ai rien inventé dans tout ce récit. Les épisodes en son pris à des écrits de l'époque, et j'ai même introduit dans mon texte des propos qui ont été tenus réellement.

A. F.

II.

9 JUILLET 1790.

Le ciel riait entre deux averses sur le Champ de Mars où, comme des fourmis dans une fourmilière, s'empressaient 200,000 personnes de toutes conditions. Hommes, femmes, vieillards, enfans étaient venus là pour préparer la fête de la Fédération et pour élever de leurs mains l'autel où ils devaient jurer dans cinq jours de vivre ou de mourir libres. Déjà un tertre de vingt pieds s'élevait au centre du vaste champ qu'entourait un cercle de gradins. Devant l'École-Militaire, des ouvriers tendaient de draperies bleu et or la galerie réservée au roi et à l'Assemblée. Du côté opposé, au bord du fleuve, des peintres couvraient de figures et de sentences la charpente d'un grand arc de triomphe à trois portes. La scène était merveilleuse par la vivacité des mouvemens, la bigarrure des habits et la généreuse expression des visages. Des perruquiers en veste bleue, des porteurs d'eau, des abbés, des charbonniers, des capucins, des filles de l'Opéra en robe à fleurs, coiffées de rubans et de plumes, piochaient ensemble la terre sur laquelle ils étaient nés et dans laquelle tous devaient un jour descendre.

Un magnétisme inconnu traversait cette foule diverse et l'échauffait d'une ardeur fraternelle. Les jeunes gens, pour être plus dispos, ôtaient leurs habits, et les jetaient en tas, laissant dans les goussets montres et tabatières d'or, sans plus craindre les voleurs que s'ils eussent été dans la maison paternelle. Un citoyen, tirant par la bride un petit âne attelé à une charrette chargée d'un tonneau, s'en allait de groupe en groupe offrir gratis du vin aux travailleurs fatigués. Les visages étaient roses et moites, les lèvres s'entr'ouvaient, les yeux brillaient, et toutes les physionomies exprimaient vivement la gaieté d'aimer. On travaillait avec une sainte fureur et l'on chantait des chansons ; les pioches se levaient, s'abaissaient en mesure ; les pelletées de terre sautaient en cadence, dans les paniers. Tous s'empressaient à l'envi. Mais le plus ardent était le vieux Nicolas Franchot.

Il poussait une énorme brouette et criait : « Place ! place ! C'est pour l'autel de la Nation. » Il croyait dans son zèle que la terre qu'il portait était la meilleure, et d'un cœur magnanime il culbutait ses concitoyens. La sueur coulait de son crâne nu le long de ses grands cheveux droits. À mi-chemin du tertre central, il s'arrêta pour respirer et il essuya son front avec un foulard aux trois couleurs de la nation. Il reprenait, en soufflant, sa brouette embourbée, quand Fanny, accompagnée de Jean Duvernay et de Marcel Germain, s'approcha de lui.

— Quel exemple de fraternité, leur dit-il. Je viens de voir MM. Sieyès et de Beauharnais attachés à la même charrette, et le père Gérard, qui, comme un ancien Romain, passe du Sénat à la charrue, manier la pelle et remuer la terre. J'ai vu toute une famille travaillant au même endroit : le père piochait, la mère chargeait la brouette, et leurs enfans la roulaient tour à tour, tandis que le plus jeune, âgé de quatre ans, porté dans les bras de son aïeul, qui en avait quatre-vingt-treize, bégayait : *Ah ! ça ira ! ça ira !*

Comme il parlait ainsi, les larmes aux yeux, une jolie musique éclata, qui jouait *le Carillon national*, et l'on vit défiler en corps les garçons jardiniers portant des laitues et des marguerites au manche de leurs bêches. Plusieurs corporations les suivaient, musique en tête : les imprimeurs dont le drapeau portait cette inscription : *Imprimerie, premier drapeau de la liberté* ; puis les bouchers : sur leur bannière était peinte un large couteau avec ces mots : *Tremblez, aristocrates, voici les garçons bouchers.*

— Ô fraternité ! s'écria Franchot.

— Je la voudrais moins pressante, dit Duvernay en montrant la bannière. Est-il convenable de dire : sois mon frère ou je te tue ?

— Salut et fraternité ! s'écria alors une jeune femme qui appuyait sur le manche d'une mignonne bêche ses deux mains gantées de longs gants souples. Elle était coiffée « à la nation » avec un chapeau de paille mis de côté sur la tête et une touffe de roses dans les cheveux, à l'oreille. La poitrine tendue, retenant entre les genoux le devant de sa jupe courte, elle laissait voir ses bas roses. Des jeunes gens poudrés, en habit clair, l'entouraient.

— Bonjour, Cécile, lui dit Fanny. Votre patriotisme me fait honte. Moi, je n'ai pour travailler à l'autel de la Nation ni bêche ni roses.

Les deux femmes, s'étant approchées, se mirent à causer. Marcel les regardaient. Il aimait Fanny, mais il vit que Cécile était belle.

Duvernay lui dit qu'elle se nommait Cécile de Rochemore et que son mari, le vicomte Alexandre de Rochemore, était major en second d'un régiment d'infanterie et député de la noblesse à l'Assemblée nationale ; qu'ils étaient tous deux ardens patriotes et amis du duc d'Orléans, qu'Alexandre s'était rendu un des premiers de son Ordre dans la salle du Tiers-État et que Cécile avait ouvert avec M. de Beauharnais le bal donné aux Parisiens sur l'emplacement de la Bastille.

Comme si elle eût deviné qu'on parlait d'elle, Cécile tournait par momens sur Marcel ses yeux brillans et noirs qui le troublaient. Mais une grande agitation, une longue rumeur partie de l'esplanade, du côté du fleuve, gagna de proche en proche. Un cri s'éleva : « Le roi ! le roi ! » et la foule ouvrit respectueusement passage à un gros homme dont la face épaisse et rougeaude exprimait la bonté. Louis XVI s'avançait au milieu de son peuple, sans gardes, sans escorte, accompagné seulement de deux gentilshommes. Les vivats, les cris d'allégresse s'élevaient de toutes parts. Cécile de Rochemore s'était coulée au premier rang. Elle attendait le cou tendu, les doigts sur sa bouche entr'ouverte, et, quand le roi passa, elle lui envoya un baiser. Il la regarda d'un gros œil paisible et continua son chemin. En se retournant, Cécile se heurta à un garçon boucher qui lui cria : « Vive la fraternité, ma belle dame ! — Eh bien ! embrassons nous ! » lui dit-elle. Il referma sur elle ses bras énormes et nus et lui marqua deux pesans baisers sur les joues, aux applaudissemens de la foule ! Elle sortit rose et riante de cette étreinte. Chacun se remit à bêcher, à piocher, à voiturer, et Franchot poussa sa brouette.

Fanny était lasse et voulait partir. Comme M. Duvernay avait été appelé auprès d'un travailleur blessé, elle prit le bras de Marcel. Quand ils eurent passé le pont de bateaux qu'on avait jeté pour la fête :

— Que pensez-vous de tout cela ? dit-elle à son jeune compagnon.

— Je ne sais que penser. Dans tout ce monde je n'ai vu que vous, Fanny.

Elle le regarda tristement et lui dit avec la douce autorité des jeunes mères :

— Ce n'est pas ce genre de langage, Marcel, que nous étions convenus de parler ensemble.

Il fit un geste d'impatience.

— Et pourquoi taire ce que vous savez ?

— Je ne sais rien, je ne veux rien savoir.

Ils suivirent quelque temps en silence la berge déserte, au pied des collines. Puis ils s'assirent sur un banc :

— Marcel, lui dit elle, écoutez-moi : n'est ce pas déjà beaucoup pour un homme que d'être estimé très haut de celle qu'il aime ? Cela ne vaut-il pas qu'on y fasse effort ? Eh bien ! sachez-le : les femmes estiment, non pas ceux qui parlent avec douceur, mais ceux qui agissent avec force. Marcel, vous êtes plongé depuis deux ans dans une indigne langueur. Quand tout respire autour de vous l'enthousiasme et l'énergie, vous restez inerte et froid. Et ne dites pas qu'une autre en est la cause. Vous devez seul compte de votre vie à Dieu et aux hommes. Voici venir les jours d'épreuve, élevez votre cœur et confessez votre foi.

— Ma foi ! s'écria Germain, en ai-je une ? Vous les avez vus, Fanny ; ils ne s'entendent point pendant qu'ils s'embrassent. À quoi se décider ? Comment choisir entre tant d'opinions ?

— Tout vaut mieux que l'indifférence ! Et d'ailleurs le choix est-il si difficile ? Attachez-vous à la justice et à la vérité. Vivez, mourez pour elles. Vous êtes instruit ; vous vous sentirez peut être quelque talent d'écrire quand vous aurez autre chose à exprimer que des plaintes égoïstes. Écrivez, parlez : la parole est l'arme de la liberté. La révolution n'est pas finie, quoi qu'en dise notre vieil ami. Jetez-vous dans la lutte. Soyez courageux : si vous l'êtes, vous aurez bien des chances de distinguer ce qu'il faut combattre et ce qu'il faut défendre. Le devoir est toujours facile à reconnaître pour des yeux que la crainte ne trouble pas. Elle montra du doigt le Champ de Mars :

— Vous voyez cet autel de la Patrie, le tertre immense que grossit d'heure en heure l'enthousiasme d'un grand peuple. Il s'écroulera, et j'entrevois un jour où sur toutes les places publiques de la France d'autres autels s'élèveront en silence : les autels de la Peur. Germain, au nom de celle que vous aimez, je vous adjure de n'y sacrifier jamais.

Marcel se dressa tout debout, lui prit la main et s'écria avec l'accent d'un enthousiasme profond :

— Fanny, je jure de rendre digne de vous l'âme que je vous ai donnée.

III.

15 SEPTEMBRE 1792.

Le petit salon aux boiseries blanches avait une grâce modeste. L'écharpe et le chapeau de paille de Fanny étaient jetés sur la housse claire du canapé. *La Prière d'Orphée* était ouverte sur l'épinette. Rien, dans cette chambre, ne brillait que des fleurs. La jeune femme, debout à la fenêtre, regardait le soleil sanglant descendre à l'horizon. Marcel assis à rebours sur une chaise, reposait son front sur le dossier en forme de lyre. Ils restèrent longtemps immobiles et silencieux. Enfin, Marcel releva la tête.

Son visage était bien changé depuis quinze mois. On n'y voyait plus, comme jadis, la mollesse d'une tardive adolescence. Ses traits, autrefois noyés de langueur, étaient maintenant serrés et tendus par l'effort visible d'une mâle pensée. Une flamme sombre animait son regard ; sa bouche avait pris comme le pli de l'éloquence, et son visage semblait sculpté par une main céleste.

— Fanny d'Avenay, dit-il enfin d'une voix sonore et douce ; Fanny d'Avenay, vous souvient-il de ce que vous m'avez dit le 9 juillet de l'année dernière, au pied de cette colline, au bord du fleuve vers lequel vous tournez en ce moment les yeux ? Vous souvient-il que, étendant tout autour de vous une main prophétique, vous m'avez fait voir par avance les autels de la Peur. Fanny, vous m'avez ce jour-là, montré d'un coup le destin et le devoir. Aujourd'hui, le destin est accompli et j'ai fait ce que je devais faire. J'ai combattu pour la justice et pour la liberté.

Il tira de sa poche un cahier de papier et le tendit à Mme d'Avenay. C'était une brochure, imprimée en têtes de clou sur du papier à chandelle, produit hâtif de quelque presse clandestine. Fanny lut sur le titre ces mots imprimés : LES AUTELS DE LA PEUR, *lettre de Marcel Germain à ses concitoyens* ; et, au-dessous, deux lignes écrites de la main de l'ardent publiciste : *À Fanny d'Avenay, à qui je dois plus que la vie, car je lui dois les sentimens qui en font le prix.*

Elle lui tendit la main.

— Fanny, s'écria le jeune homme, Fanny, depuis que votre main, que je n'ai pas assez couverte de larmes et de baisers, m'a montré la voie, je l'ai suivie hardiment. Je vous ai obéi, j'ai écrit, j'ai parlé ; j'ai défendu dans les journaux, au club, dans ma section et jusque sur les bornes des carrefours le roi et la Constitution. C'est pourquoi je suis devenu en horreur à la cour et aux patriotes. Pendant deux ans j'ai combattu sans trêve les brouillons faméliques qui sèment le trouble et la haine, les tribuns qui séduisent le peuple par les démonstrations convulsives d'un faux amour et les lâches qui sacrifient aux dominations prochaines. Dans une feuille rédigée par moi seul et répandue par milliers dans les sections, j'ai flétri les émigrés qui méditent un retour parricide sur la terre qui les a nourris, les législateurs qui ne savent faire que des lois obéissantes et le peuple insensé qui, le 20 juin et le 10 août, prépara l'anarchie et la dictature.

J'ai vu, Fanny, j'ai vu la réalité de votre vision ; j'ai vu s'élever jusqu'aux nuées les autels de la Peur. Les assassins et les bourreaux y montaient seuls, et la nation entière se prosternait autour pour les adorer.

Fanny l'arrêta d'un geste et lui fit signe d'écouter. Ils entendirent alors venir, à travers l'air embaumé du jardin où chantaient les oiseaux, des cris lointains de mort : « À la lanterne, l'aristocrate !… Sa tête sur une pique !… »

— Vous avez entendu ? dit Fanny, pâle, un doigt sur la bouche.

— C'est quelque malheureux qu'ils poursuivent. Ils font des visites domiciliaires et des arrestations nuit et jour dans Paris. Peut-être vont-ils entrer ici. Fanny, je dois me retirer pour ne pas vous compromettre. Bien que peu connu dans le quartier, je suis, par le temps qui court, un hôte dangereux.

— Restez, dit Fanny.

Ils prêtèrent l'oreille aux cris qu'ils entendirent s'éloigner et se perdre dans le lointain.

— Oh ! s'écria Marcel, les poings fermés, les dents serrées ; oh ! l'exécrable mois de septembre ! Des forcenés se sont rués en plein jour dans les prisons et ils ont tué des hommes dont la nation qui les gardait répondait sur son honneur ; ils ont massacré des vieillards et des femmes. Je passais hier devant l'Abbaye ; les ruisseaux y sont encore teints de sang. Et pendant ces massacres, que faisaient l'Assemblée, la Commune, la garde nationale ? Que faisaient Pétion, maire de Paris ; Roland, ministre de l'intérieur ; Danton, ministre de la justice ? Ils étaient impuissans, me dit-on, soit ! Pour les magistrats, l'impuissance est un crime. Et Manuel, procureur-syndic de la Commune, qui conjure les égorgeurs d'observer dans leur vengeance une certaine justice ! Et Billaud-Varennes, son digne substitut, qui recommande à ceux qui tuent de ne pas du moins dérober les dépouilles des victimes ! Et le comité civil qui délivre aux travailleurs des prisons, des bons de pain, de vin, de paille ! Et le comité de surveillance qui expédie dans tous les départemens l'apologie des massacres ! Et la nation en armes qui a vu, entendu et n'a pas bougé ! Ô lâcheté ! honte ! honte ! Personne qui ose s'indigner. Pas un écrivain dans toute la presse qui nomme le crime par son nom ! On le flatte, on le caresse ! Dans *les Révolutions de Paris*, le vil Prudhomme s'écrie : « Ce peuple est humain » ; le rédacteur du *Moniteur* vante « la mansuétude » des assassins. Et les modérés ? Ils se taisent comme Brissot, dont la feuille n'a pas un mot de blâme, ou bien, comme Dulaure dans le *Thermomètre*, et le triste Gorsas dans le *Courrier des départemens* ; ils balbutient des mots de « justice terrible mais nécessaire » et de « vengeance inspirée par de puissans motifs ». J'ai voulu que du moins on ne pût pas dire qu'en ces jours abominables personne n'éleva la voix contre les scélérats triomphans. J'ai parlé, Fanny. Ô fortune ! ô joie ! ô récompense ! l'humanité, la vertu sont vengées par l'homme qui vous aime.

Il se jeta aux pieds de la jeune femme et lui pressant les mains, il goûta une joie délicieuse à voir le plus pur des visages lui sourire avec orgueil. Il sentit son cœur s'épanouir et sa pensée se détendre. C'est avec une espèce de gaieté et d'un ton léger qu'il raconta comment il avait fait imprimer clandestinement *les Autels de la Peur* dans une remise de la cour du Commerce, sous les fenêtres de Marat. Son journal avait été supprimé après le 10 août. Lui-même, recherché par le tribunal du 17 août, errait d'asile en asile, et trouvait, chaque nuit, un grenier pour écrire.

— J'ai sur une planche, disait-il, une chandelle de deux sous, de l'encre, du papier, une bouteille de vin de champagne et mes pistolets. Que faut-il davantage au publiciste indépendant ? Ce crapaud de Marat se plaît dans l'humidité des caves. Moi, je suis de contraire complexion. J'aime les greniers ; on y voit le ciel. Si la maison est haute, je puis, quand tout dort autour de moi, passer avec agilité, par la fenêtre à tabatière, et contempler, assis sur le plancher des chats, l'espace sombre qui me sépare de la colline où Fanny repose. Ne vous vient-il rien de mes vœux et de mes pensées, Fanny, dans votre sommeil ?

Elle répondit d'un ton tranquille :

— Marcel, Marcel, vous savez bien que je n'entends la nuit que le murmure des feuilles.

À ce moment, pour la seconde fois, des cris déchirèrent l'air paisible du soir. Ils étaient mêlés de bruits de pas et de coups de feu. Ils se rapprochaient ; on entendait : « Fermez les issues, qu'il ne s'échappe pas, le scélérat ! »

— Allons dans la salle à manger, dit Fanny, qui semblait plus calme à mesure que le danger se rapprochait. Nous pourrons voir à travers les jalousies ce qui se passe dehors.

Mais à peine avait-elle ouvert la porte qu'ils virent sur le palier un homme livide, défait, dont les dents claquaient, dont les genoux s'entrechoquaient. Ce spectre, qui semblait l'image à demi-effacée du vieux Franchot plutôt que Franchot lui-même, murmurait d'une voix faible comme un souffle :

— Sauvez-moi, cachez-moi !... Ils sont là... Ils ont forcé ma porte, envahi ma maison. J'ai sauté par la fenêtre dans votre jardin. Ils viennent…

— Malheureux ! dit tout bas Mme d'Avenay. Ma cuisinière vous a-t-elle vu ? Elle est jacobine.

— Personne ne m'a vu.

— Dieu soit loué, mon voisin !

Elle l'entraîna dans sa chambre à coucher où Marcel les suivit. Il fallait aviser. Il fallait trouver quelque cachette où elle pût garder Franchot plusieurs jours, plusieurs heures au moins, le temps de tromper et de lasser ceux qui le cherchaient. Puis Marcel observerait des alentours, et, sur le signal qu'il donnerait, le pauvre ami sortirait par la porte du jardin.

En attendant, il ne pouvait se tenir debout. Dans l'anéantissement de toutes ses facultés, il ne se survivait encore que par un sentiment d'épouvante et de surprise. Il ne comprenait rien en vérité à sa disgrâce. C'était un homme étonné.

Il essaya de faire entendre qu'il était recherché, lui, l'ennemi des cours et des rois, pour avoir défendu les Tuileries au 10 août. C'était une indigne calomnie. La vérité était que Colin le poursuivait de sa haine. Colin, naguère son boucher, qu'il avait voulu cent fois bâtonner pour lui apprendre à mieux peser sa viande, et qui maintenant présidait la section où il avait eu son étal, Colin !…

En murmurant ce nom d'une voix étranglée, il crut voir Colin lui-même et se cacha la face dans les mains. Véritablement des pas montaient dans l'escalier. Fanny tira le verrou et poussa le vieillard derrière un paravent. On heurta à la porte, et Mme d'Avenay reconnut la voix de sa cuisinière qui lui criait d'ouvrir, que la municipalité était à la grille avec la garde nationale, et qu'ils venaient faire une perquisition.

— Ils disent, ajouta la fille, que Franchot est dans la maison. Moi je sais bien que non et que vous ne voudriez pas cacher un scélérat de cette espèce ; mais ils ne veulent pas me croire.

— Eh bien ! qu'ils montent ! cria Fanny à travers la porte. Faites-leur visiter toute la maison de la cave au grenier. Priez-les seulement d'entrer tout doucement dans la chambre bleue pour ne pas effrayer mon petit enfant qui dort avec Nanon.

En entendant ces paroles, le pauvre Franchot s'était évanoui derrière son paravent, où Marcel l'alla ranimer un peu en lui jetant de l'eau sur les tempes.

— Mon ami, dit tout bas la jeune femme au vieillard, ayez confiance en moi ; je suis rusée.

Alors, avec sa tranquillité ordinaire, comme s'il s'agissait de quelque arrangement domestique et quotidien, elle tira le lit un peu en avant de l'alcôve, défit la couverture et arrangea les trois matelas, avec l'aide de Marcel, de manière à ménager du côté de la ruelle un espace entre le plus bas et le plus élevé. Comme elle prenait ces dispositions ; un grand bruit de souliers, de sabots, de crosses et de voix rauques éclata dans l'escalier. Ce fut pour tous trois une minute terrible ; mais le bruit monta peu à peu au-dessus de leurs têtes. Ils comprirent que la garde, conduite par la cuisinière jacobine, fouillait d'abord les greniers. Le plafond craquait ; on entendait des menaces, des gros rires, des coups de pied et coups de baïonnette dans les cloisons.

Cependant, Marcel saisit le vieillard et le coula dans l'espace ménagé entre les matelas. Fanny fronça le sourcil : le lit, ainsi bouleversé, avait un air suspect.

— Il faut que je m'y mette, dit-elle.

Elle regarda à la pendule. Il était sept heure du soir. Elle songea qu'ils ne trouveraient pas naturel qu'elle fût couchée si tôt. En effet, ce n'était pas son habitude. Les hommes de la section, qui étaient tous ses voisins, devaient avoir vu souvent, bien tard, de la lumière aux fenêtres de sa chambre et entendu les notes de son clavecin, dans les nuits d'été. Quant à se dire malade, il n'y fallait pas songer ; la cuisinière jacobine découvrirait la ruse. Elle réfléchit quelques secondes, puis, tranquillement, simplement, avec une auguste candeur, elle se déshabilla devant le jeune homme, se mit au lit et lui ordonna de donner lui-même l'apparence du désordre à ses vêtemens.

— Il faut qu'ils vous prennent pour mon amant, lui dit-elle.

Toutes leurs dispositions étaient prises quand la troupe descendit du grenier en sacrant et en pestant. Le Malheureux Franchot, qui, à ce moment, reprit toute sa connaissance, fut saisi d'un tel tremblement qu'il secouait tout le lit. De plus, sa respiration était si forte qu'on en devait entendre le sifflement jusque dans le corridor.

— C'est dommage, dit Fanny, j'étais si contente de mon petit artifice ! Enfin ! ne désespérons point et que Dieu nous aide !

Une main rude secoua la porte.

— Qui va là ? demanda Fanny.

— Les représentans de la Nation.

— Ne pouvez-vous attendre un moment ?

— Ouvre ou nous brisons la porte.

— Marcel, mon ami, va ouvrir.

À ce moment la peur fit une espèce de miracle. Franchot cessa de trembler et de râler.

C'est Colin qui entra le premier, ceint de son écharpe, et suivi d'une douzaine de piques. Il regarda tour à tour la belle aristocrate au lit et le jeune homme en veste, sa cravate défaite.

— Peste ! dit-il, nous dénichons des amoureux. Excusez-nous, la belle.

Puis, se tournant vers les gardes :

— Voilà le libertinage des cours ! Seuls les sans-culottes ont des mœurs.

Pourtant cette rencontre l'avait mis en gaieté.

— Citoyens, lui dit Fanny, accoudée à son oreiller, faites-vous donc un crime à une patriote de céder à la nature ?

Cette réplique lui parut sans doute joliment tournée. Il s'approcha du lit, s'assit dessus et, prenant le menton de la jeune femme :

— Il est vrai, dit-il, que cette bouche-là n'est pas faite pour marmotter toute la nuit des *Pater* et des *Ave*. Mais nous ne sommes pas venus pour te dire des douceurs, citoyenne. Nous cherchons le traître Franchot, un des assassins du 10 août. Des patriotes l'ont surpris dans la ruelle qui longe ton jardin. J'ai fait cerner le quartier. Nous avons fouillé toutes les maisons moins la tienne, sans rien trouver. Il est certain qu'il est ici. Il me le faut. Je le ferai guillotiner. Ce sera ma fortune.

— Cherchez-le donc ! dit Fanny.

Ils regardèrent sous les meubles, dans les armoires, passèrent des piques sous le lit et sondèrent les matelas avec des baïonnettes.

Colin se grattait l'oreille et regardait Marcel du coin de l'œil.

Fanny craignant pour le proscrit un interrogatoire embarrassant rompit d'un mot la pensée du sans-culottes.

— Mon ami, dit-elle à Marcel, tu connais aussi bien que moi la maison ; prends les clés et conduis partout ces messieurs. Je sais que ce sera un plaisir pour toi que de guider des patriotes.

Marcel quitta la chambre suivi de Colin et des gardes. Deux d'entre eux cependant restèrent dans la chambre.

— Il faut encore fouiller le lit, dit l'un.

— Oui, dit l'autre.

Ils prirent, chacun, à une applique une bougie qu'ils allumèrent, se mirent à plat ventre au pied et à la tête du lit et restèrent fort longtemps en observation. Un de leurs camarades en bonnet rouge, qui venait les chercher, resta au contraire avec eux, se plaignant très haut de la chaleur et de la fatigue. — Il comptait bien, disait-il, boire un coup quand ce gredin de Franchot serait pris.

Fanny leur demanda s'ils voulaient boire tout de suite. Elle sonna sa cuisinière et lui recommanda d'apporter des bouteilles et des verres. Le citoyen en bonnet rouge ne refusa pas ; mais il savait à quoi la politesse l'obligeait. Il invita la citoyenne à trinquer avec lui. Elle but à la santé des braves sans-culottes. Les bouteilles se vidèrent. Le citoyen attendri dit à la jeune femme :

— Citoyenne, tu as observé les convenances. Il s'en faut qu'il y ait seulement la moitié des citoyens pour les observer aussi bien que toi. C'est dommage qu'il faille couper un si joli cou !

Mais la voix irritée de Colin interrompit les gracieusetés. Colin était dans la cave avec le gros de ses hommes, qu'il occupait à culbuter les margotins, à vider les sacs de charbon et à retourner les fûts. La besogne était rude. Il appela à l'aide les trois fainéans, qui quittèrent à regret la belle dame et les bouteilles. On resta deux heures à fouiller la cave. Enfin, lassé, déçu, furieux, Colin défonça à coups de crosse les tonneaux pleins, et, quittant la cave inondée de vin, donna le signal du départ. Marcel les suivit jusqu'à la grille, qu'il ferma sur leurs talons, et courut annoncer à Fanny la délivrance.

Elle, penchant la tête dans la ruelle, appela tout bas :

— Monsieur Franchot ! monsieur Franchot !

Un long soupir lui répondit.

— Dieu soit loué ! s'écria-t-elle. Monsieur Franchot, vous m'avez fait une peur affreuse. Je vous croyais mort.

Ses nerfs se détendirent, et elle éclata de rire.

Elle donna un peu d'air à son pauvre ami et lui conseilla de remercier Dieu.

— Si je croyais en Dieu, répondit, le bonhomme un peu ranimé, je ne lui pardonnerais pas d'avoir fabriqué des créatures semblables à celles que vous venez de voir. Pour moi, il m'a suffi de les entendre. Ce sont des scélérats dépourvus de toute philosophie.

Ils attendirent qu'il n'y eût plus de lune et, quand la nuit fut noire, les deux hommes sortirent par la petite porte du jardin.

IV.

12 BRUMAIRE AN II.

Sous un ciel livide, chargé de neige, Fanny, enveloppée d'un épais manteau, descendit de fiacre sur la place Dauphine, au pied d'un arbre de la liberté que coiffait un bonnet rouge. Devant elle se dressait le socle mutilé d'où l'on venait d'arracher la statue d'Henri IV. Aussitôt, un homme vêtu d'une carmagnole, sans cravate, en guenilles, s'approcha d'elle et retira son bonnet, ses cheveux étaient coupés à la Titus.

— C'est bien, lui dit-elle, vous êtes tout à fait comme il faut, Marcel.

C'était Marcel, en effet, rendu méconnaissable moins par son déguisement que par les fatigues d'une année de misère, de douleurs et de rage.

— Je vous ai demandé de vous trouver ici, Marcel, pour me conduire au tribunal révolutionnaire.

— Moi, Fanny, vous conduire aux bourreaux !

— Vous savez bien que c'est aujourd'hui qu'ils jugent mon vieil ami Duvernay, accusé de fédéralisme.

— Je le sais, Fanny, et je sais qu'il ne vivra plus demain.

— Et moi, Marcel, je sais seulement que je lui dois mon témoignage. Je l'ai entendu dès le 12 juillet 91 se prononcer pour la république ; je puis prouver qu'à cette époque on lui a offert la place de gouverneur du dauphin et qu'il l'a refusée. J'ai mille preuves de son patriotisme. Je les apporte à ses juges.

— Ils ne vous écouteront pas. Écrivez, faites parler ; mais n'allez pas là.

Elle le regarda d'un air suppliant.

— Marcel, ne me faites pas peur ; si vous saviez comme les foules m'effrayent et quelle peine j'ai à faire mon devoir… J'y vais en tremblant et parce qu'il le faut.

— Fanny, dit Marcel en rougissant, pardonnez-moi. Je vous donnais des conseils qui n'étaient pas pour vous. Allons !

Elle lui prit le bras et ils suivirent le quai en parlant à voix basse de l'homme de bien que son courage avait conduit au sanglant tribunal.

— Notre ami, dit Mme d'Avenay, s'était caché rue du Mail, chez une excellente femme, Mme Aubry. La retraite était sûre, mais Duvernay la quitta pour ne pas compromettre sa bienfaitrice. Il put sortir de Paris et gagner Argenteuil. Mais il fut reconnu dans un cabaret de ce village par des jacobins qui le ramenèrent à Paris.

Comme ils tournaient l'angle de la tour de la grosse horloge, ils virent une multitude d'hommes armés s'agiter devant les grilles. Alors elle quitta le bras de Marcel.

— Dans mon intérêt, lui dit-elle, et pour mon salut, ne m'accompagnez pas ; du moins, ne le faites pas d'une manière ostensible. Mon instinct m'avertit que je serai moins en danger si je me livre seule aux bêtes.

Il s'arrêta et suivit des yeux, à travers la grille, la jeune femme qui traversait la cour du palais de justice au milieu des sabres et des piques. La foule était presque impénétrable sur les degrés du grand escalier qui donnait accès aux diverses salles du tribunal révolutionnaire. De cette foule en sabots, en carmagnole, en bonnet rouge, montaient des chants et des cris.

On parlait dans les groupes de justice sommaire et de massacres en bloc ; on accusait la lenteur du tribunal, trop enclin à sauver les coupables. Des marchands de journaux parcouraient la foule en criant : « Voilà la liste des gagnans à la loterie de la très sainte guillotine. Qui veut voir la liste ?… Demandez la grande trahison de Jean Duvernay ci-devant médecin du traître Capet. Demandez la conspiration de l'infâme Duvernay pour provoquer le massacre des patriotes. » Fanny avait traversé la place ; elle montait les degrés.

— Où vas-tu, citoyenne, lui demanda un porteur de carmagnole qui montait à la porte une faction volontaire ?

— Citoyen, je me rends dans la salle où l'on juge Duvernay : je suis témoin.

Il la laissa passer ; mais une horrible femme qui tenait un enfant dans ses bras cria qu'on ne devait pas laisser approcher des juges les femmes aristocrates capables de les corrompre.

— Celle-ci, disait la tricoteuse, montrera son visage, ses larmes ; elle se pâmera, et elle fera tourner la tête à tout le tribunal. Ces gueuses font des hommes tout ce qu'elles veulent. Et voilà comment on arrête la justice et comment on sauve tous les j…-f… qui affament le peuple.

Les cris de cette femme firent le tour de la place et y ranimèrent la peur et la haine.

— Hélas ! disait-on de toutes parts, nous n'avons plus Marat ; nous avons perdu notre ami. Depuis que les méchans l'ont tué, les aristocrates relèvent la tête. Mais ils ont beau faire, il faudra bien qu'ils la crachent au panier. À mort, les conspirateurs ! À la guillotine, les ennemis du peuple ! Duvernay, à la guillotine ! Les enjôleuses, les faux témoins, les aristocrates, à la guillotine !

Marcel parcourait les groupes, inquiet, tâtant le couteau caché sous sa chemise.

L'affaire Jean Duvernay était appelée, l'interrogatoire commencé ; d'instant en instant, le peuple apprenait par l'intermédiaire des citoyens présens dans la salle, des épisodes grossièrement altérés, et qui allaient, se déformant de bouche en bouche, jusqu'à ce que la sottise et la haine eussent achevé de les façonner dans la perfection. C'est ainsi qu'on raconta, dans la cour, que l'infâme Duvernay feignait de préparer des médicamens aux pauvres, et leur donnait, en réalité, du poison.

Quand on apprit qu'un témoin, une femme déposait en sa faveur, un souffle terrible de fureur s'éleva : « C'est sa complice, qu'on la guillotine avec lui ! » À ce sujet, d'interminables disputes, nourries d'ignorance et de cruauté, grosses de bêtise, s'allongeaient, grossissaient d'heure en heure. Peu à peu on s'impatienta : la condamnation se faisait attendre. Erreur ou mensonge, des bruits d'acquittement commençaient à courir et soulevaient une immense rumeur. Les cris redoublèrent : « Mort aux faux témoins ! » Les septembriseurs se pressèrent sur les marches et voulurent forcer la porte…

Elle s'ouvrit ; Fanny parut. Elle resta, droite et blanche, sur le plus haut degré. Un cercle de bras nus, de poings fermés, de sabres, l'enveloppait. Marcel était dans le cercle ; il fit un mouvement pour se jeter entre elle et la foule. Elle l'arrêta d'un imperceptible signe. Cependant, les cris de mort redoublaient ; les femelles couvraient de leur glapissemens aigus les grognemens rauques des mâles avinés. La plus hideuse de toutes les créatures, celle qui depuis plusieurs heures animait la foule et tenait un enfant des ses bras, fit un pas en avant, montra du doigt une des marches de l'escalier et cria à la victime :

— Regarde la place où la Lamballe a été abattue. On va t'y saigner, gueuse !

Alors, un colosse velu, demi-nu, écarta les femmes, retroussa les manches de sa chemise et leva son sabre.

Fanny, se sentant pâlir, mordit ses joues froides, pour y ramener le sang. Elle comprit qu'instinctivement ils attendaient, pour la frapper qu'elle donnât un signe de peur et s'avouât la victime. Son air d'innocence auguste, son regard de vierge la protégeait encore. Elle promena lentement les yeux sur la foule et, remarquant l'horrible mère qui la menaçait, elle s'approcha d'elle et lui dit :

— Vous avez un bel enfant.

À ces seuls mots, les plus doux qu'elle eût jamais entendus, cette femme, cette mère se sentit remuée dans ses entrailles. Des larmes lui montèrent aux paupières :

— Prenez-le ! dit-elle

Et elle le tendit à Fanny, qui le prit dans ses bras et descendit, en lui souriant l'escalier du palais, tandis que la foule, étonnée, s'écartait devant elle.

Elle traversa ainsi la cour avec son innocent protecteur. Elle était sauvée. Quand elle eut passé la grille, elle remit l'enfant à sa mère sans prononcer une parole ; mais une de ses larmes avait roulé sur les langes.

Marcel la suivait de près ; il la fit entrer dans le fiacre qui les attendait au coin de la tour carrée. Le fiacre en tournant, se heurta à la charrette qui attendait Jean Duvernay pour le conduire à l'échafaud.

V.

12 NIVÔSE AN II (1er janvier 1794)

Fanny d'Avenay est assise, devant son petit secrétaire d'acajou. Son visage semble éclairé par une lueur intérieure ; mais personne n'est là pour en goûter la pureté délicieuse : c'est ainsi qu'elle accomplit sa destinée de fleur solitaire. Minuit sonne. C'est le signe du passage idéal d'une année à l'autre. La mignonne pendule, où rit un Amour doré, annonce que l'année 1793 est finie.

Au moment de la conjonction des aiguilles, un petit fantôme a paru. Émile, sorti du cabinet bleu où il couche, est venu, en chemise, se jeter dans les bras de sa mère et lui souhaiter une bonne année.

— Une bonne année, Émile… Je te remercie. Mais sais-tu ce que c'est qu'une bonne année ?

Il croit savoir ; pourtant elle veut le lui mieux enseigner.

— Une année est bonne, mon chéri, pour ceux qui l'ont passée sans haine et sans peur.

Elle l'embrasse ; elle le porte dans le lit d'où il s'est échappé, puis elle revient s'asseoir devant le petit secrétaire d'acajou. Une lettre est ouverte devant elle ; une lettre qu'un enfant de faubourg est venu, ce soir, nu-pieds dans la neige, lui porter en secret ; une lettre lamentable, écrite sur un lambeau de papier d'une plume brisée.

« Adieu Fanny. Je suis las de me cacher et de me taire ; c'est assez d'amertume et de honte. Je veux cracher mon mépris à la face des bourreaux. Mille desseins confus s'agitent dans ma tête. Oh ! si je pouvais me jeter dans les rangs des défenseurs de la patrie, qui font reculer Wurmser et Brunswick ! Mais je suis proscrit et je n'ai que la liberté de ma mort. Dois-je m'armer du poignard d'Harmodius et de Charlotte ? Dois-je comme Condorcet, tromper mes assassins et leur épargner un crime ? Je ne puis, hélas ! vous revoir avant de mourir, Fanny. On me recherche ; vous même êtes suspecte depuis que vous avez osé défendre Jean Duvernay. En vous allant voir, je craindrais de vous perdre, Fanny, mon âme, ma vie, ma force, mon génie, Fanny, adieu pour la dernière fois.

» MARCEL »

Les yeux qui lisent cette page sont beaux et doux comme un ciel pur. Mais vont-ils s'embellir encore du sombre éclat des orages et s'emplir d'éclairs ? Non, ils ne verseront pas de larme qui les trouble : ces pleurs qui glissent au bord de leurs paupières sont trop limpides : ce sont des pleurs de pitié.

Accoudée, Fanny regarde tour à tour la flamme qui brille dans l'âtre et la lettre de son ami. Mais elle ne veut pas la brûler encore. Elle la pose sur la tablette du secrétaire, puis, ouvrant les tiroirs du meuble, elle en tire des papiers de toute sorte ; feuilles dont la tranche est dorée, parchemins timbrés de fleurs de lis, petits cahiers reliés en maroquins, paquets de lettres. Tout le passé déjà lointain de cette jeune femme est dans ces petites archives.

Elle a songé qu'elle avait là dans quatre tiroirs de quoi envoyer à la guillotine elle et cinquante personnes, et elle s'est résolue à brûler toute sa correspondance. C'est cette nuit qu'elle a choisie pour cette tâche qu'elle ne pourra accomplir (elle le sait) sans de profondes et tristes songeries.

Son enfant dort chaudement dans le cabinet voisin ; la cuisinière et Nanon sont retirées dans leur chambre. Le grand silence des temps de neige règne alentour. L'air vif et pur active la flamme du foyer. C'est cette nuit que Fanny a choisie pour brûler ses papiers.

Ils sont en ordre, car elle met dans tout ce qui l'entoure l'exactitude de son esprit. Voici ses lettres d'enfant, les complimens qu'elle faisait chaque année à sa grand'mère qui, toujours immobile dans son fauteuil à oreilles, épiait à la fenêtre les jeunes voisines en disant son chapelet. Voici les petits vers que son père fit pour elle quand elle vint au monde. Voici le livre ou sa mère écrivit les prières du Sacré-Cœur, des recettes contre la migraine et les dépenses de sa maison. Voici les lettres du jeune mari dont l'amour lui fut si doux et la laissa si pure. Voici rangée en petits paquets, la correspondance de ses vieux amis : elle en avait beaucoup ; elle était, malgré sa jeunesse, sûre confidente et bonne conseillère.

Ces lettres, qu'elle feuillette, sont signées avec un grand paraphe : Franchot, laboureur. Le pauvre ami y parle de marier les capucins, de fesser les jésuites et de régénérer le monde par la raison.

« L'homme, dit-il est une machine perfectible comme toutes les machines. Il faut l'améliorer par la science comme on améliore les montres et les tourne-broches. »

Elle ne peut s'empêcher de sourire. Puis elle déchire ces lettres par petits morceaux, et la pensée du bonhomme s'envole en papillons noirs dans la cheminée. Elle ouvre un autre paquet et relit des pages admirables de sagesse et de bonté, où respire l'amour de la patrie et des hommes. La main qui les écrivit est maintenant dévorée par la chaux dans le cimetière des suppliciés. Au souvenir de Jean Duvernay, une rougeur tragique anime les joues de Fanny. Avant d'anéantir ces feuilles, elle les pose, en tremblant, sur la tablette de la cheminée.

Ce sont les lettres de Marcel Germain qu'elle a prises ensuite. Elle est lente à les relire et s'y plaît : l'âme dans laquelle elle a mis son souffle la charme maintenant et l'étonne. Elle joint ces lettres à celles de Jean Duvernay pour que la flamme les consume ensemble. Mais elle brûle d'abord des lettres de femmes et d'indifférens, des billets de Mme de Beauharnais, des lettres folles de Mme de Rochemore, des invitations à dîner et au bal, des lettres de baptême et d'enterrement. Pendant plus de deux heures, elle nourrit la flamme claire du foyer. Déjà une lueur blême traverse les rideaux ; c'est le matin. Les servantes ont commencé leur travail ; Fanny veut hâter le sien. N'a-t-elle pas entendu des voix ? Non, le calme est profond autour d'elle… Le calme est profond, mais c'est que la neige étouffe le son des pas. Car on vient, on est là. Des coups ébranlent sa porte…

Elle sent, elle sait qui vient. Cacher les lettres, fermer le secrétaire, elle n'en a pas le temps. Tout ce qu'elle peut faire, elle le fait : elle prend les papiers à brassée et les jette sous le canapé dont la housse traîne à terre. Quelques-uns débordent sur le tapis ; elle les repousse du pied, saisit un livre et se jette dans un fauteuil. Le président du district entre suivi de trente piques. Ce n'est plus Colin, destitué pour cause de modérantisme, c'est un ancien rempailleur, Brochet, qui grelotte la fièvre et dont les yeux sanglans nagent sans cesse dans une sorte d'horreur. Il est sobre et il est ivre.

Brochet fait signe à ses hommes de garder les issues, et, s'adressant à Mme d'Avenay :

— Citoyenne, lui dit-il, je viens d'apprendre que tu es en correspondance avec les agens de Pitt, les émigrés et les conspirateurs des prisons. Au nom de la loi, je viens me saisir de tes papiers… Il y a longtemps que tu m'étais désignée comme une aristocrate de la plus dangereuse espèce. Le citoyen Rapoix qui est devant tes yeux (et il désigna un de ses hommes) a avoué que, dans l'hiver de 1789, tu lui as donné de l'argent et des vêtemens pour le corrompre. Des magistrats tièdes et sans vigueur t'ont épargnée ; mais je suis le maître à mon tour et tu n'échapperas pas à la guillotine. Livre-nous tes papiers.

— Prenez-les vous-même, dit Fanny, mon secrétaire est ouvert.

Il y restait encore quelques mémoires de fournisseurs et des titres de propriété que Brochet examina un à un. Il les tâtait et les retournait, comme un homme défiant qui ne sait pas bien lire.

Fanny comprend que la visite sera longue et minutieuse. Elle ne peut se défendre de regarder du côté du canapé et elle voit un coin de la lettre de Marcel qui passe sous la housse comme l'oreille d'un chat blanc. À cette vue son inquiétude cesse. La certitude de sa perte met dans son esprit une tranquille assurance et sur son visage un calme tout semblable à celui de la sécurité. Elle est certaine que les hommes verront ce bout de papier qu'elle a vu ; mais elle ne sait pas s'ils le découvriront tout de suite ou s'ils tarderont à le voir. Ce doute l'occupe et l'amuse. Elle se fait dans ce moment tragique une sorte de jeu d'esprit à voir les commissaires s'éloigner ou s'approcher du canapé. Brochet, qui en a fini avec les papiers du secrétaire, s'impatiente et dit qu'il trouvera bien ce qu'il cherche.

Il culbute les meubles, retourne les tableaux et frappe du pommeau de son sabre sur les boiseries pour découvrir les cachettes. Il n'en découvre point. Il fait sauter le panneau de glace pour voir si rien n'est caché derrière.

Pendant ce temps, ses hommes lèvent quelques lames du parquet. Ils jurent qu'une gueuse d'aristocrate ne se moquera pas des patriotes ! Mais aucun d'eux n'a vu la petite corne blanche qui passe sous la housse du canapé.

Ils emmènent Fanny et vont visiter les autres pièces. Ils défoncent les meubles, font tomber les vitres en morceaux et crier les parquets sous la pesée des baïonnettes qui les lèvent ; ils crèvent les matelas, éventrent les paillasses. Et ils ne trouvent rien. Pourtant Brochet ne désespère pas encore. Il retourne dans le salon.

— Les papiers sont là, dit-il ; j'en suis sûr.

Il examine le canapé, le déclare suspect et y enfonce à cinq ou six reprises son sabre dans toute sa longueur. Il ne trouve rien encore, pousse un affreux juron et sort suivi de ses hommes. Fanny écoute le léger craquement de leurs pas dans la neige : ils sont partis ; elle est sauvée. Est-elle joyeuse ? Non : mais elle ressent une sorte de gaieté mutine. Elle court, avec des rires et des sauts d'enfant, baiser le front de son Émile qui dort les poings fermés, comme si la maison n'avait pas été bouleversée autour de son petit lit.

VI.

13-17 FLORÉAL AN II.

Quatre mois sont passés ; la Terreur a grandi. La justice selon le cœur du citoyen Brochet est enfin rendue.

Le guichetier a refermé la porte de la maison d'arrêt sur Fanny appréhendée « par mesure de sûreté générale ». La voilà dans ce vieux bâtiment où jadis les solitaires de Port Royal ont fait en priant le rêve de la vie et qui est devenu sans peine une prison.

Assise sur une banquette, pendant que le greffier inscrit son nom dans le registre d'écrou, elle songe, et sa destinée l'étonne.

— Pourquoi ces choses, mon Dieu, et que voulez-vous de moi ?

Elle est surprise, mais elle n'est pas triste. Le porte-clefs a l'air plus bourru que méchant. Il l'a conduite dans une grande cour, au milieu de laquelle est un bel acacia ; elle attendra là qu'il lui ait préparé un lit et une table dans une chambre où l'on a déjà renfermé cinq ou six prisonnières, car la maison est encombrée. Dans la cour, elle voit une jeune femme occupée à graver un chiffre sur l'écorce de l'arbre, et reconnaît Cécile de Rochemore.

— Vous ici, Cécile ?

— Vous ici, Fanny ? faites mettre votre lit près du mien. Nous aurons bien des choses à nous dire.

— Bien des choses… Et M. de Rochemore, Cécile ?

— Mon mari ? Ma foi, ma chérie, je l'avais un peu oublié. C'était injuste. Tu sais que, général à vingt-cinq ans, il couvrit très bien la retraite de Mons et reçut les félicitations de l'Assemblée législative. Mais, depuis, nous avons été exclus, comme nobles, des emplois militaires ; nous sommes devenus suspects. Il est très probable qu'Alexandre est en prison quelque part.

— Et que faisais-tu là, Cécile ?

— Chut !… Quelle heure est-il ? S'il est cinq heures, l'ami dont j'unis sur cette écorce le nom au mien n'est plus de ce monde, car il a passé à midi au tribunal révolutionnaire. Il se nommait Armand et était volontaire à l'armée du Nord. Je l'ai connu dans cette prison. Nous avons passé ensemble de douces heures au pied de cet arbre. C'était un jeune homme de mérite. J'ai pleuré hier en lui disant adieu. Mais tandis que nous nous pressions les mains en soupirant, nous vîmes s'avancer à pas de loup un vieux gentilhomme enveloppé d'une robe de chambre à ramages et coiffé d'un bonnet de nuit, surmonté d'un énorme nœud de satin orange. Il tenait à la main un flambeau qu'il approcha de mon visage, pour voir si j'étais celle qu'il cherchait, car il avait un rendez-vous galant. Nous vîmes alors qu'il s'était mis du rouge au visage, et nous partîmes d'un terrible éclat de rire, qui dura jusqu'au départ du malheureux Armand. C'est ainsi que nous nous sommes quittés.

Après ce beau récit, elle saisit Fanny par la taille, l'entraîna dans la chambre où elle avait son lit et veilla à ce que celui de Mme d'Avenay fût tout à côté. Elles convinrent de laver ensemble, dès le lendemain matin, le carreau de cette chambre. C'est un soin que Cécile prenait très souvent : elle ne pouvait souffrir la poussière.

Le repas du soir, servi maigrement par un gargotier patriote, se prenait en commun. Chaque prisonnier rapportait son assiette et son couvert de bois (il était interdit d'en avoir en métal) et recevait sa portion de porc aux choux. Fanny vit à cette table grossière des femmes charmantes dont la gaieté légère l'étonna. Comme Cécile, elles étaient coiffées avec soin et portaient de fraîches toilettes. Près de mourir, elles gardaient l'envie de plaire. Leur conversation était galante comme leur personne, et Fanny fut bientôt instruite des intrigues qui se nouaient et se dénouaient sous les verrous. La folie d'aimer était dans l'air de la prison. La mort aiguillonnait l'amour.

Et Fanny fut prise d'un indicible trouble ; elle se sentit un grand désir de presser une main dans la sienne. Des larmes ardentes comme la volupté roulèrent sur ses joues. À la lueur du lampion fumeux qui éclairait le repas, elle observait ses compagnes dont les yeux brillaient de fièvre et elle songeait :

— Nous allons mourir ensemble. D'où vient que je suis triste et que mon âme est troublée, quand pour ces femmes la vie et la mort sont également légères ?

Elle pleura toute la nuit sur son grabat. Mais, dès l'aube, elle retrouva la paix intérieure. Un calme céleste descendit sur son beau visage.

Les prisonniers qui venaient dans l'après-midi se mêler aux femmes furent frappés de cette angélique sérénité. Fanny les tranquillisait et les consolait. Aussi, son idée héroïque et sentimentale des choses humaines et divines convenait-elle parfaitement aux esprits de ces prisonniers philosophes qui, sous la menace d'une mort prochaine, cherchaient l'Espérance, sans songer un instant, jeunes ou vieux, royalistes ou républicains, à ressaisir la foi de leur enfance. Car à cette fin de siècle la religion catholique n'existait plus pour l'élite des Français.

Dès le lendemain de sa venue, Fanny rendit à ses compagnons des services dont ils étaient justement reconnaissans : elle raccommodait leur linge et leurs hardes. Par là elle s'acquit la reconnaissance d'un vieux conseiller au parlement de Toulouse qu'elle aimait pour sa simplicité. Il prouvait sans cesse qu'on l'avait injustement accusé. Quand on lui remit son acte d'accusation :

— Je ne voudrais pas être à la place de mes juges, dit-il ; car je les embarrasserai terriblement.

Il récitait une douzaine de textes de droit romain pour prouver son innocence, et il ajoutait :

— Je vous demande ce qu'ils répondront à celà ?

Il embrassa Fanny et s'en alla tranquille, ne pouvant, vieux juge, douter de la justice.

Il y avait aussi dans la prison un Allemand qui jouait de la viole d'amour et un jeune patriote qui composait des chansons. Ils donnaient des concerts, le soir ; quand le plus grand nombre des prisonniers s'était retiré, la musique se faisait entendre encore. La réunion devenait intime et mystérieuse ; on se cherchait ; on se parlait tout bas ; l'ombre enveloppait les couples rapprochés et le bruit des baisers se mêlait au son de la viole. Et ceux qui faisaient ainsi l'amour avaient leur arrêt de mort dans leur poche.

Cependant Fanny élevait son âme et regardait au delà de ce monde. Rentrée dans sa chambre, elle écrivait à son fils des lettres d'une adorable gaieté et d'une sagesse sublime.

Le cinquième jour de sa détention, comme elle faisait dans le préau sa promenade accoutumée, elle reconnut, tristement assis sur un banc, le vieux Nicolas Franchot, tout courbé par l'âge et la misère. Marcel l'avait longtemps caché sous un toit ; mais le pauvre vieillard s'était fait prendre en essayant de fuir. Il venait d'arriver à Port-Libre, et la poussière du chemin souillait encore son visage. Fanny lui prit en souriant la main.

— Mon vieil ami, lui dit-elle ; je ne puis me réjouir de vous voir ici ; mais je serai contente s'il m'est possible de vous aider en quelque chose.

Franchot, les mains sur les genoux, secoue la tête et pleure. Les larmes délayent la poussière dont ses joues sont couvertes, et le visage du pauvre philosophe est tout barbouillé. Fanny court à sa chambre et revient avec une éponge et de l'eau, dont elle lave son vieil ami en lui murmurant des paroles consolantes.

Pourtant il n'est point consolé. Il la regarde avec des yeux pâles et vides ; ses lèvres molles ont des mouvemens convulsifs et les larmes coulent sans s'arrêter sur ses joues creuses. Alors elle s'assied auprès de lui, lui passe les bras autour du cou et lui dit doucement :

— Mon ami, il est croyable que nous allons mourir tous deux. Mais d'où vient que vous êtes triste quand je suis gaie ? Perdez-vous plus que moi en perdant la vie ?

— Fanny, lui répondit-il, vous êtes jeune, vous êtes riche, vous êtes saine et jolie, et vous perdez beaucoup en perdant la vie ; mais comme vous êtes incapable de réflexion, vous ne savez pas ce que vous perdez. Pour moi, je suis pauvre, je suis vieux, je suis malade ; et m'ôter la vie, c'est m'ôter peu de chose ; mais je suis philosophe et physicien, j'ai la notion de l'être et du non être que vous n'avez point ; et je sais exactement ce que je perds. Voilà, Fanny, d'où vient que je suis triste quand vous êtes gaie.

À ces mots, il essuya ses yeux, se leva en soupirant, prit un petit paquet qui contenait un peu de linge et cinq ou six volumes du baron d'Holbach, d'Helvétius et de Lamettrie, puis il gagna, tout courbé, sa cellule.

Elle le regardait partir, quand Mme de Rochemore la tira par le bras en s'écriant :

— Mon mari vient ici. On l'a vu au greffe. Quel désagrément !

VII.

14-22 FLORÉAL AN II.

Quand Marcel entra dans le jardin, il trouva Nanon accroupie sur la plus basse marche de l'escalier.

— Ah ! Monsieur, lui dit-elle en pleurant, ils ont emmené hier ma bonne maîtresse en prison et mis les scellés dans toutes les chambres ; ils la feront mourir, et son fils et moi nous serons déshonorés…

Nanon ne distinguait pas entre la justice d'autrefois et celle du temps présent, et elle ne pouvait séparer les idées de supplice et d'infamie.

— Cette nuit, ajouta la pauvre fille, j'ai couché M. Émile avec moi dans la cuisine. Vous le voyez qui joue là-bas dans le jardin, le cher innocent.

Marcel la pressa de questions, mais elle savait seulement que sa maîtresse avait été menée en fiacre à la Bourbe (c'était le nom populaire de Port-Libre), qu'on ne pouvait la voir, qu'ils permettaient seulement qu'on remît pour elle, au greffe, de l'argent et des effets. En partant elle avait dit : « Nanon, mon fils est seul au monde ; je vous le confie. Il est intelligent et bon ; vous le placerez dans une condition obscure, et il pourra être heureux. »

Ayant rapporté ces paroles, Nanon se cacha la tête dans son tablier et éclata en sanglots. Marcel promenant autour de lui des regards désolés, vit Émile qui jouait devant le bassin. Il le prit dans ses bras et l'embrassa en pleurant. Mais l'enfant, impatienté, se dégagea :

— Laisse-moi, Monsieur, dit-il. J'envoie deux frégates à la recherche de M. de Lapeyrouse.

Et il lança dans le bassin deux petits bateaux. Marcel, respectant la joie de l'orphelin, le laissa à ses jeux et, après avoir contemplé un moment la maison déserte, il se jeta dans la rue comme un insensé et ne s'arrêta que dans le quartier d'Enfer, devant une grande façade dont on avait bouché les fenêtres. C'était là, derrière ce mur aveugle et noir, qu'ils avaient traîné Fanny. Il restait immobile, les yeux fixes, les pieds attachés au sol. Observé avec inquiétude par le factionnaire, il s'arracha enfin de cette place, pour exécuter le dessein qu'il avait formé.

S'acheminant dans la campagne, à travers les ruelles bordées de jardins, il fit le tour de l'énorme prison et en examina tous les abords. Après quoi il entra dans une maison basse dont la porte vitrée était surmontée d'une branche de houx. C'était le cabaret le plus proche de la prison et celui par conséquent que devaient fréquenter les guichetiers et les porte-clefs.

Il s'assit dans la salle commune, et commanda son dîner. Le cabaretier lui servit une omelette au lard. Pendant qu'il mangeait, un gros chien allongea le museau dans son assiette.

— Ah ! ah ! c'est Ravage, dit le cabaretier ; le chien du porte-clefs. Il est chargé de garder la nuit la cour qui sépare les hommes des femmes ; ce qui n'est pas, à vrai dire, une mince besogne. La semaine dernière, il a laissé des prisonniers entrer dans le corridor des femmes. Le lendemain matin, il se promenait fièrement, portant attaché à la queue un assignat de 100 sous et un billet sur lequel étaient écrits ces mots : « On peut corrompre Ravage avec un assignat de 100 sous et un paquet de pieds de mouton. » Ravage perdit contenance en voyant tout le monde rire. Il fut mis au cachot. T'en souviens-tu, Ravage ?

Le chien alla, la tête basse, se coucher devant la cheminée.

— Ah ! dit le cabaretier, c'est que son maître ne plaisante pas avec la consigne. Les guichetiers de la Bourbe ne se laissent pas corrompre comme leur chien.

— Fort bien ! dit Marcel. Ce sont des patriotes. Je voudrais bien causer avec l'un deux.

Le cabaretier lui assura que rien n'était plus facile, puisqu'ils venaient deux fois le jour dans son établissement.

Pourtant Marcel fréquenta pendant trois jours ce cabaret sans pouvoir se faire un autre ami que Ravage. Le porte-clefs acceptait bien un verre de vin blanc, mais sa mine n'encourageait pas du tout les confidences. C'était un homme simple, bourru, probe et tout à fait résolu à faire honnêtement son métier, qui lui semblait le plus beau, le plus digne d'envie.

Marcel était désespéré. Il passait de longues heures de la nuit dans les champs du faubourg à contempler les fenêtres bouchées aux trois quarts du quartier des femmes. Et, chaque jour, il revenait fumer des pipes de tabac dans le cabaret de la rue d'Enfer.

Un soir, pendant son souper, il fut attentif, malgré son inquiétude, aux propos de deux amoureux assis sur un banc à côté de lui.

— Tu sais bien que je t'aime, Florentin, disait la jeune fille.

— Eh bien, Rose, puisque nous nous aimons, épousonsnous, répondait le jeune homme, qui semblait aussi jeune qu'elle et portait l'habit de velours des commissionnaires.

— Tu sais bien, disait Rose en baissant les yeux, que papa ne veut pas ; il dit que tu es trop jeune et que nous serions trop pauvres.

— Rose, ton père, qui est porte-clefs, pourrait bien me faire nommer gardien. Alors nous serions assez riches.

— Florentin, mon père ne nomme pas les gardiens de la prison, et s'il les nommait, il ne te choisirait pas, parce qu'il n'a pas d'amitié pour toi.

Ils se regardaient quelque temps sans rien dire comme des gens qui ne savent point de mots pour exprimer leurs sentimens. Puis Florentin vida d'un coup son verre de vin, se leva gauchement et sortit. Rose avait l'air désolé en le regardant partir. Elle resta longtemps occupée à compter les carreaux de son fichu, puis elle sortit sans regarder personne.

Marcel la suivit et l'appela doucement dans la rue.

— Mademoiselle Rose, je voudrais vous parler de quelque chose qui vous intéresse.

— Monsieur, vous perdez vos paroles. Je suis une honnête fille et plus rien ne m'intéresse au monde.

— Pas même Florentin ?

À ce nom elle s'arrêta. Marcel poursuivit.

— Vous aimez Florentin, écoutez-moi, Rose : vous pouvez, si vous voulez, devenir dès demain assez riche et bien plus riche qu'il ne faut pour épouser Florentin. Pour cela vous n'aurez rien à faire de mal ; vous aurez seulement à faire une bonne action. Rose, il y a dans la prison une dame que j'aime comme vous aimez Florentin. Promettez-moi de m'aider à la délivrer et je vous dirai son nom. Elle est bonne, elle est riche : sauvez-la et votre fortune est faite.

Ils s'étaient tous deux retirés au bord d'une allée. La jeune fille ne répondait rien et semblait incertaine. Marcel la supplia ; il lui prit les mains, qu'il sentit trembler. Mais Rose se dégagea tout à coup et courut d'un bon au guichet de la Bourbe qui se referma sur elle.

VIII.

25 FLORÉAL AN II.

La cour où les amans vont chercher le silence et l'ombre est déserte ce soir. Fanny, qui étouffait dans l'air humide des corridors, vient s'asseoir sur le tertre de gazon qui entoure le pied du vieil acacia dont la cour est ombragée. L'acacia est en fleur, et la brise qui le caresse en est tout embaumée. Fanny voit un écriteau cloué à l'écorce de l'arbre, au-dessous du chiffre gravé par Cécile. Elle lit sur cet écriteau les vers du poète Vigée, prisonnier comme elle.

Ici des cœurs exempts de crimes,

Du soupçon dociles victimes,

Grâce aux rameaux des arbres protecteur,

En songeant à l'amour oubliaient leur douleur ;

Il fut le confident de leurs tendres alarmes.

Plus d'une fois, il fut baigné de larmes.

Vous que des temps moins rigoureux

Amèneront dans cette enceinte,

Respectez, protégez cet arbre généreux.

Il consolait la peine, il rassurait la crainte,

Sous son feuillage on fut heureux.

Après avoir lu ces vers, Fanny resta songeuse. Elle revit intérieurement toute sa vie si douce et si calme, son mariage paisible, sa douce maternité ; son esprit amusé de musique et de poésie, occupé d'amitié, grave, sans trouble ; et, songeant qu'elle allait mourir, elle se désola ; une sueur d'agonie lui monta aux tempes. Dans son angoisse, elle leva ses yeux ardens vers le ciel plein d'étoiles et elle murmura en se tordant les bras : — Mon Dieu ! rendez-moi l'espérance.

À ce moment un pas léger s'approcha d'elle.

C'était Rose, la fille du guichetier qui venait lui parler en secret.

Après avoir repoussé pendant plusieurs jours les offres de Marcel, elle avait cédé.

Elle était prête à sauver la jeune femme par les moyens convenus entre elle et l'ami de Fanny.

— Citoyenne Avenay, dit-elle, demain soir, un homme qui t'aime t'attendra sur l'avenue de l'Observatoire avec

58

une voiture. Prends ce paquet, il contient des vêtemens pareils à ceux que je porte ; tu t'en revêtiras, dans ta chambre, pendant le souper. Tu es de ma taille et blonde comme moi. On peut de loin, nous prendre l'une pour l'autre. Un gardien, qui est mon amoureux et que nous avons mis dans le complot, montera dans ta chambre et t'apportera le panier avec lequel je vais aux provisions. Tu descendras avec lui par l'escalier dont il a la clef et qui conduit à la loge de mon père. De ce côté, la porte n'est ni fermée ni gardée. Il faut seulement éviter que mon père te voie. Mon amoureux se mettra le dos contre le carreau de la loge, et il te parlera comme à moi. Il te dira : « Au revoir, citoyenne Rose, et ne soyez plus si méchante. » Tu t'en iras tranquillement dans la rue. Pendant ce temps je sortirai par le guichet principal et nous nous rejoindrons toutes deux dans le fiacre qui doit nous emmener.

Fanny regarda avec surprise la fille du porte-clefs et lui demanda la raison d'un si grand dévouement.

— C'est, lui répondit Rose en oubliant de la tutoyer, parce que vous me donnerez beaucoup d'argent quand vous serez libre et qu'alors j'épouserai mon amoureux.

— Le gardien ?

— Oh ! non pas ! Je me moque de lui. J'épouserai Florentin. Vous voyez, citoyenne, que c'est pour moi que je travaille. Mais je suis plus contente de vous sauver que d'en sauver une autre.

— Je vous en rends grâce, mon enfant, mais pourquoi cela ?

— Parce que vous êtes mignonne et que votre amoureux a beaucoup de chagrin loin de vous. C'est convenu, n'est-ce pas ?

Fanny songea qu'en acceptant elle serait libre, qu'elle vivrait, qu'elle verrait grandir son fils. Elle allongea la main pour prendre le paquet de hardes que Rose lui tendait.

Mais retirant aussitôt le bras :

— Rose, savez-vous, dit-elle, que, si on nous découvrait, ce serait la mort pour vous ?

— La mort ! s'écria la jeune fille ; vous me faites peur. Oh ! non, je ne le savais pas.

Puis elle se rassura à demi :

— Citoyenne, votre amoureux saura bien me cacher.

— Il n'est pas de retraite sûre à Paris. Je vous remercie de votre dévouement, Rose, mais je ne l'accepte pas.

Rose était stupéfaite :

— Vous serez guillotinée, citoyenne, et je n'épouserai pas Florentin.

— Rose, je puis vous rendre service sans accepter ce que vous me proposez.

— Oh ! non. Ce serait de l'argent volé.

La fille du porte-clefs pria, pleura, supplia longtemps ; elle s'agenouilla et saisit le bord de la robe de Fanny.

Fanny la repoussa de la main et détourna le visage. Un rayon de lune en éclairait le calme et la beauté.

La nuit était riante ; une brise passait. L'arbre des prisonniers, secouant ses branches odorantes, répandit de pâles fleurs sur la tête de la victime volontaire.

IX.

26 FLORÉAL AN II.

Quand, sur l'avenue de l'Observatoire, Marcel vit la fille du porte-clefs s'approcher seule de la voiture, il ne l'interrogea pas.

— Elle n'a pas voulu ! elle n'a pas voulu ! s'écria Rose en pleurant.

— Je le pensais, dit Marcel.

Il erra longtemps dans les rues désertes, alla s'asseoir au bord de la Seine, et il regarda l'aube blanchir cette colline où habitait Fanny aux jours de joie et d'espérance.

De longtemps il n'avait été si calme.

À huit heure, il prit un bain. Il entra chez un traiteur du Palais Royal et regarda les papiers publics en attendant son repas. Il lut dans le *Courrier de l'Égalité* :

Liste des condamnés à mort exécutés sur la place de la Révolution :

Du 24 floréal

Colin (Narcisse), Rochemore (Alexandre), ci-devant noble, Franchot (Nicolas)...

Il déjeuna de bon appétit. Puis il se leva, regarda dans une glace si sa toilette était en ordre et s'il avait le teint bon, et s'en alla d'un pas léger, par delà le fleuve jusqu'à la maison basse qui fait le coin des rues de Seine et Mazarine. C'est là que logeait le citoyen Lardillon, substitut de l'accusateur public au tribunal révolutionnaire, homme serviable, que Marcel avait connu capucin à Angers et retrouvé sans-culotte à Paris.

Il sonna. Après quelques minutes de silence une figure parut à travers un judas grillé et le citoyen Lardillon, s'étant assuré prudemment de la mine et du nom du visiteur, ouvrit enfin la porte du logis. Il avait la face pleine, le teint fleuri, l'œil brillant, la bouche humide et l'oreille rouge. Son apparence était d'un homme jovial, mais craintif. Il conduisit Marcel dans la première pièce de son appartement. Une petite table ronde, de deux couverts, y était servie. On y voyait un poulet, un pâté, un jambon, une terrine de foie gras et des viandes froides couvertes de gelée. À terre, six bouteilles rafraîchissaient dans un sceau. Un ananas, des fromages et des confitures couvraient la tablette de la cheminée. Des flacons de liqueurs étaient posés sur un énorme bureau encombré de dossiers.

Par la porte entr'ouverte de la chambre voisine, on apercevait un grand lit défait.

— Citoyen Lardillon, dit Marcel, je viens te demander un service.

— Citoyen Germain, je suis prêt à te le rendre s'il n'en coûte rien à la sûreté de la république.

Marcel lui répondit en souriant :

— Le service que je te demande s'accorde parfaitement avec la sécurité de la république et la tienne.

Sur un signe de Lardillon, Marcel s'assit :

— Citoyen substitut, dit-il, tu sais que depuis deux ans je conspire contre tes amis et que je suis l'auteur de l'écrit intitulé : *les Autels de la Peur*. Tu ne me feras pas de faveur en m'arrêtant. Tu ne feras que ton devoir. Aussi n'est-ce pas là le service que je te demande. Mais écoute-moi : j'aime.

Lardillon inclina la tête pour marquer qu'il approuvait ce sentiment.

— Je sais que tu n'es pas insensible, citoyen Lardillon ; je te prie de me réunir à celle que j'aime et de m'envoyer immédiatement à Port-Libre.

— Eh ! eh ! dit Lardillon avec un sourire sur ses lèvres à la fois fines et fortes, c'est plus que la vie, c'est le bonheur que tu me demandes, citoyen.

Il allongea le bras du côté de la chambre à coucher et cria :

— Épicharis ! Épicharis !

Une grande femme brune apparut les bras et la gorge nus, en chemise et en jupon, une cocarde dans les cheveux.

— Ma nymphe, lui dit Lardillon en l'attirant sur ses genoux, contemple le visage de ce citoyen et ne l'oublie jamais ! Comme nous Épicharis, il est sensible ; comme nous, il sait que la séparation est le plus grand des maux. Il veut aller en prison et à la guillotine avec sa maîtresse. Épicharis, peut-on lui refuser ce bienfait ?

— Non, répondit la fille en tapotant les joues du moine en carmagnole.

— Tu l'as dit, ma déesse, nous servirons deux tendres amans. Citoyen Germain, donne-moi ton adresse et tu coucheras à la Bourbe ce soir ?

— C'est entendu, dit Marcel.

— C'est entendu, répondit Lardillon en lui tendant la main. Va retrouver ta bonne amie, et dis-lui que tu as vu Épicharis dans les bras de Lardillon. Puisse cette image faire naître en vos cœurs de riantes pensées !

Marcel lui répondit que peut-être ils n'avaient pas tous deux la même façon d'aimer, qu'il ne lui en était pas moins reconnaissant et qu'il regrettait de ne pouvoir vraisemblablement lui rendre service à son tour.

— L'humanité ne veut pas de salaire, répondit Lardillon.

Il se leva et, pressant Épicharis contre son cœur :

— Qui sait quand viendra notre tour ?

Omnes eodem cogimur : omnium
Versatur urna ; serius ocius

Sors exitura, et nos in æternum
Exilium impositura cymbæ.

En attendant, buvons ! Citoyen Germain, veux-tu partager notre repas ?

Épicharis ajouta que « ce serait gentil » et elle retint Marcel par le bras. Mais il s'échappa, emportant la promesse du substitut de l'accusateur public.

X.

26 FLORÉAL AN II.

Lardillon tint parole. Le soir même Marcel fut conduit à la Bourbe. Comme un des gardiens venait d'être nommé guichetier, des rubans et des bouquets étaient suspendus, pour le fêter, aux barreaux du guichet, et Marcel passa sous des fleurs. En entrant dans le préau il vit Fanny en robe rose, une rose dans les cheveux. Elle lui tendit la main et il couvrit de baisers cette belle main qui le tirait doucement vers la mort.

— Malheureux ! lui-dit Fanny. Je craignais de vous voir, et pourtant je vous attendais. C'est moi qui vous tue !…

— À quoi bon vivre, Fanny ? et qu'ai-je à faire dans un monde où vous ne serez plus ?

— Marcel, si vous m'aimez, il fallait vivre pour mon fils.

Ils parlèrent longtemps à voix basse. Ce qu'ils dirent ne peut se répéter ; c'était des paroles simples, comme en disent les gens heureux. Ils voyaient les prisonniers glisser autour d'eux comme des Ombres. Un peu avant l'heure du souper, le porte-clefs les aborda sans rien dire et remit à chacun un papier. Il portait l'en-tête imprimé du tribunal et contenait leur acte d'accusation. Lardillon s'était fait une joie de servir deux amans ; il avait eu la délicatesse de les impliquer dans le même complot et de leur reprocher les mêmes crimes.

Pendant qu'ils lisaient, le porte-clefs tenait son bonnet à la main. Cet homme était Parisien et habitué, comme tous les Parisiens, à se découvrir devant les morts.

Comme Marcel et Fanny devaient comparaître le lendemain devant le tribunal, les prisonniers leur offrirent le souper des adieux. Marcel fut placé entre Fanny et Cécile. Le jeune poète chanta des vers qu'il avait composés pour eux et que le musicien allemand accompagna sur la viole d'amour. Tant que dura le repas, Mme Rochemore s'étudia à attirer sur elle les regards que Marcel tournait vers Fanny.

Elle lui dit à l'oreille :

— Vous méritez qu'on vous adore. Mais Fanny ne sait point aimer.

Après le souper on laissa aux deux amis la cour de l'acacia. Assise au pied de l'arbre, sur le banc de gazon, Fanny dit à Marcel, agenouillé devant elle.

— Marcel, l'ombre même d'un mensonge me fait horreur. Écoutez-moi. Je suis contente de mourir avec vous. Je vous aime mieux que personne au monde. Mais je n'eus jamais d'amour pour personne, et je n'en ai pas pour vous. Oh ! malgré le vent de l'océan qui souffle dans les feuilles, s'il n'y allait que du salut de mon âme, Marcel, je vous jure que je me donnerais à vous au prix de ma félicité céleste. Mais je ne peux pas me donner sans amour.

Marcel resta longtemps sans répondre. Enfin :

— Qu'importe votre amour ! dit-il ; le mien est sans bornes et mon bonheur est infini comme mon amour.

XI.

27 FLORÉAL AN II.

Fanny s'était coupé elle-même les cheveux avant de monter au tribunal. C'est en robe blanche et coiffée comme les victimes qu'elle parut devant ses juges. Marcel Germain comparaissait avec elle. Le greffier lut l'acte d'accusation que le substitut Lardillon avait rédigé dans son plus beau style. D'après cet acte, Fanny d'Avenay était une de ces Phrynés aristocratiques qui excitent les citoyens à la débauche, dans le but d'étouffer leur patriotisme. Marcel Germain, séduit par les artifices de cette Circé, avait conspiré avec elle la perte de la république par l'assassinat, la famine, la fabrication des faux assignats, la dépravation de l'esprit public et le soulèvement des prisons.

Après cette lecture, Fanny s'assit au fauteuil et répondit aux questions du président avec une bonne humeur charmante.

Germain fut ensuite interrogé.

Épicharis était dans la salle. Accoudée à la cloison qui fermait l'espace réservé au public, elle jetait à l'accusé des regards romanesques.

Comme il répondait avec éloquence, son interrogatoire fut vite terminé. Ni lui ni Fanny n'avaient de défenseurs, le tribunal leur donna d'office un savetier qui se trouvait dans la salle. Cet homme avait appris à parler dans les clubs :

— Citoyens jurés, dit-il d'une voix sourde, les aristocrates qui paraissent devant vous ont déjà eu deux défenseurs : l'accusateur qui vous exposa leurs crimes et le président qui vient de leur en arracher l'aveu. Je n'ajouterai rien à ce qu'ils ont dit l'un et l'autre. Je m'en rapporte pour le surplus, citoyens jurés, à votre équité et à votre patriotisme.

Après cette défense, la délibération du jury fut courte.

Fanny d'Avenay, ci-devant noble, et Marcel Germain furent condamnés à la peine de mort. Il était cinq heures vingt minutes du soir.

Les jugemens du tribunal étant immédiatement exécutoires, les deux condamnés furent conduits au greffe de la Conciergerie où déjà des personnes jugées précédemment attendaient sur des banc et sur deux méchantes paillasses. Leur toilette était faite et leurs mains liées. Des mèches de cheveux couvraient les dalles. Marcel et Fanny trouvèrent là des ci-devant nobles, des filles du peuple, des sans-culottes, un hussard et une vieille maréchale sourde et boiteuse. Le bourreau avait son compte. Il chargea la charrette dans la cour et le cortège des gendarmes et des condamnés se mit en marche.

Autour de la Conciergerie, la foule était peu nombreuse et composée presque entièrement d'enfans et de vieilles femmes, amis du soleil. Quelques cris de : « Vive la république ! » se firent entendre.

La soirée était d'une infinie douceur. En passant le long de la Seine, Fanny et Germain furent saisis de la beauté du ciel et de l'eau et de la grâce des arbres qui frissonnaient dans l'air.

— Je ne croyais pas, dit Fanny, que la terre fût si belle !

Et, songeant à son fils, elle pleura.

Et une de ces chastes larmes coula sur les mains liées de Marcel.

Sur le Pont-Neuf, une femme du peuple qui tenait son petit enfant dans ses bras regarda avec tristesse la charrette funèbre. En y voyant une femme jeune comme elle et dont le regard était doux, elle prit la petite main de son enfant qui ne parlait pas encore, la lui mit sur les lèvres et dit :

— Bébé, envoie un baiser à la jolie dame.

— Vous l'avez vue, dit Fanny à Marcel ; ce qu'elle a fait m'a rendue bien heureuse.

Cependant Marcel goûtait des siècles de délices à contempler le visage de Fanny.

Elle retrouvait peu à peu le calme dans lequel elle avait vécu.

— Marcel, dit-elle, nous voilà bien bons amis. Je ne sais ce qu'il adviendra de nous dans le monde où nous allons ; comptons, pour nous y revoir, sur Dieu qui nous a montrés l'un à l'autre en cette terre. Vous serez ma dernière pensée, Marcel ; vous, et aussi l'enfant dont je ne prononce pas le nom, de peur de pleurer encore et dont cette femme m'a montré tout à l'heure l'image dans ses bras. Il y a six ans, quand je vous vis pour la première fois, Marcel, il marchait à peine et il ressemblait tout à fait à l'enfant qui m'a envoyé un baiser. Vous voulez bien que je pense à lui aussi, Marcel ?

Dans la rue Saint-Honoré, à la hauteur du Palais-Royal, la foule devint plus épaisse. Des femmes montraient le poing aux condamnés et des cris s'élevèrent :

— À la guillotine, les scélérats !

— Vive la liberté ! répondirent les condamnés.

— Vive la liberté ! répéta Marcel.

Il sortait de cette dernière épreuve purifié de toute haine et de toute colère.

— Fanny ! s'écria-t-il, ne vois-tu rien planer sur cette immense cité dont le front est radieux et qui lavera bientôt en une heure la boue et le sang de ses pieds ? Moi, je vois la France apportant la Justice au Monde. Vive la Révolution !

Ils touchaient au terme de leur voyage. La charrette déboucha sur la place que le soleil couchant inondait d'une poussière d'or. Marcel se jeta entre Fanny et ce qu'il venait de voir. Il venait de voir sur une haute charpente deux poteaux dressés vers le ciel et réunis à leur faîte par quelque chose qu'un reflet du soleil changeait en flamme. Une dernière secousse de la charrette, qui s'arrêtait, poussa contre ses lèvres le front de Fanny. Il le baisa pour la première fois, et ses yeux se fermèrent.

Quand il les rouvrit, la blanche victime montait dans la lumière à la mort. Alors il s'élança sur l'échafaud qu'elle avait sanctifié.

Anatole France.
FIN.